ZWISCHEN HIMMEL UND ERDE

MARIE-LUISE MEISSNER

ZWISCHEN HIMMEL UND ERDE

Erzählungen

Bibliografische Information der Deutschen Nationalbibliothek:
Die Deutsche Nationalbibliothek verzeichnet diese Publikation
in der Deutschen Nationalbibliografie; detaillierte bibliografische
Daten sind im Internet über https://portal.dnb.de/ abrufbar.

© 2021 Marie-Luise Meißner
Satz, Umschlaggestaltung, Herstellung und Verlag:
BoD – Books on Demand, Norderstedt

ISBN: 978-3-7534-3313-4

Inhalt

Völkerverständigung

Wir reisen unangemeldet nach »Oberschlesien«, heute Polen, ins Dorf zu polnischen Bekannten. Der Familienvater Robert ist seit 1990 schon 15 Jahre regelmäßig als Gastarbeiter bei uns im Dorf tätig.

Er hat verantwortungsvolle Aufgaben auch außerhalb des Ortes. Auch sein Vater kam bis ins hohe Alter in diese Firma.

Nun sind wir mit unserem Wohnmobil unangemeldet in Roberts Dorf angekommen. Das Telefonieren hatte nicht geklappt. Für meinen Mann ist dies die zweite Reise zu Robert. Er kutschiert im Dorf herum und schwelgt in Erinnerungen. Aber er fühlt sich von einem anderen Autofahrer verfolgt. Wir sind aufgeregt, wollen den steilen Berg zu Roberts Haus hoch. Das WOMO ruckelt. »Du musst den 1. Gang nehmen!« ruft unser Verfolger, und Robert ist erkannt. Die Begrüßung ist äußerst herzlich. Opa, Oma, Frau und zwei Töchter freuen sich auch.

Wir dürfen uns mit dem Wohnmobil aufstellen. Das Grundstück mit Garten, Hühnerstall und Wald wird gezeigt. Wir sollen uns alles zu Nutze machen.

Da wir ein Waffeleisen als Geschenk mitgebracht haben, möchte ich Waffeln backen. Das Eisen steht auf einem Holzstapel, für Strom wird flink gesorgt, Tisch und Stühle unter den Bäumen platziert, der Tisch eingedeckt. Nun trägt die vierjährige Tochter die fertigen Waffeln eifrig zum Tisch, um den sich die ganze Familie versammelt hat. Es scheint ihnen mit unserer mitgebrachten Marmelade köstlich zu schmecken. Uns wird wiederholt gedankt.

Die Unterhaltung mit Oma, Opa, Frau und Kindern gelingt durch Roberts Übersetzung. Auch die mitgebrachten Fotos tragen dazu bei. Auf einem Foto sieht man meinen Mann eine Sense tragen. Alle fangen an zu stöhnen mit vielen Bewegungen. »Scheiß Arbeit!« Alle lachen und lachen.

Ein paar Jahre zuvor hatten wir im Advent Robert, Opa und die Gastarbeiterkumpel bei uns zu Hause zu Gast. Damals hatte ich mit meinem Silberbesteck fein eingedeckt. Vor dem Mittagessen flüchteten die Gäste auf die Terrasse, was wir nicht begreifen konnten, da es im Dezember nicht gerade warm dort war. Nachmittags sangen wir um den Kaffeetisch herum mit Gitarrenbegleitung unseres Freundes Klaus Bethke (Bobby Grass) Advents- und Weihnachtslieder gleichzeitig auf polnisch und deutsch. Das hat man nicht alle Tage. Bobby gab einige konzertreife Zugaben – ein Dankeschön für von uns vor Zeiten geleistete Hilfe. Auch unsere Polen haben den Nachmittag in guter Erinnerung.

Auch Waldeck aus der Nachbarschaft kommt uns zum Waffelessen begrüßen. Er scheint uns in guter Erinnerung zu haben. Wir werden zu einem längeren Aufenthalt eingeladen. Doch zunächst sind wir Gäste zum Mittagessen. Robert entschuldigt sich wegen seines sehr einfachen Bestecks, das er mit Blech bezeichnet. Nun weiß ich, warum meine Gäste sich damals auf die Terrasse verkrochen. Sie hatten sich beim Anblick meines so reich gedeckten, deutschen Tisches erschrocken. Robert braucht sich nicht zu entschuldigen. Das Essen ist liebevoll und schmackhaft zubereitet. Die Atmosphäre ist gut. Auch zum abendlichen Grillen werden wir geladen. Das Feuer brennt, es wird gut und reichlich aufgetischt. Ach ist das gemütlich!

Wir sollen unseren Aufenthalt verlängern, wollen aber weiter trotz der riesigen Gastfreundschaft. Ein Jahr später erfahren wir das Datum von Roberts Geburtstag. Er war genau bei unserem damaligen Aufenthalt.

Wir sind peinlich betroffen und entschuldigen uns wegen unseres unangemeldeten Eindringens. Was sagt Robert darauf? »Schönste Geburtstag von ganzes Leben!«

Und als wir uns nach Jahren in Deutschland beim Einkaufen wiedersehen, werde ich kräftig in die Arme genommen. »Gesicht ist verändert, älter,« sagt er. Und er hat an Gewicht zugenommen. Ich denke, wie es wohl mit einer neuen Reise nach Polen wäre oder mit einer neuen Einladung zu uns, vielleicht auch mal mit Frau und Kindern?

Erinnerungen

In der brandenburgischen Therme wird 2017 in der Sauna Sommerfest gefeiert. Auch der Saunagarten ist reich geschmückt. Da gibt es u.a. kleine, hübsche Zinkwannen aus historischen Zeiten. Sie sind mit Wasser gefüllt, Blüten und Kerzen schwimmen darauf. Zwei ältere Männer unterhalten sich:

»In solchen, etwas größeren Zinkwannen haben wir früher gebadet.«

»Ja wir auch. Zuerst kam der Sauberste der Familie ins Wasser. Der Schmutzigste kam zuletzt.«

»Das ist schon lange her.«

»Ja, wie die Zeit vergeht!«

»Ja, ja, und jetzt gehen wir in die Sauna, ha, ha!«

»Ha, ha, ha, ha ...!«

Der Oldtimer

Unser Oldtimer, ein VW-Bus Baujahr 1977 steht viel in der Garage, obwohl er funktionsfähig und angemeldet ist. Er ist eben eine Besonderheit. Ab und zu wird er eine kleine Runde gefahren, damit er »geschmiert« bleibt. Wir werden bei der Fahrt oft gegrüßt, auch von Menschen, denen wir nicht unbedingt nahe stehen. So machen wir Freude wegen längst vergangener Zeiten, 40 Jahre ade. Als wir neulich einen Ausflug nach Celle machten, blieb das gute, alte Stück in der Innenstadt vor einer Ampel stehen. Bei Grün schoben uns hoch erfreut und freiwillig ein paar Passanten an. Geglückte Freude, strahlende Gesichter auf allen Seiten, danke!

Adventssingen

1945, also in der Nachkriegszeit, lud eine verwandte Familie einige Familien zum adventlichen Beisammensein in ihr Wohnzimmer ein. Wir erzählten, sangen, es wurden hausgebackene Kekse von der Gastgeberin herumgereicht. Sie hatte viel Zeit mit dem Backen zugebracht; und auch die Zutaten waren nicht bei jedem vorrätig. Zu dieser Zeit waren Kekse etwas Besonders. Wahrscheinlich brannten Kerzen am Adventskranz. Alles war gemütlich, voller Erwartung des Weihnachtfestes, der Geburt des Erlösers Jesus Christus.

Kekse wurden wieder herumgereicht. Da meldete sich eine Kinderstimme: »Nun fressen sie uns alle Kekse auf.« Schock! Seine Mutter war die fleißige, großzügige Bäckerin. Und die Kekse wurden weniger, ehrlicher Kindermund! Ich halte heute noch diese Verwandte wegen ihrer gläubigen Barmherzigkeit in Ehren.

Dat is use Straat

Das ist unsere Straße.« So sagte vor langer Zeit ein Landwirt zu der Straße vor seinem Haus. Bisher hatten die Kühe Vorfahrt, auch die Kinder mit ihren Rollern sowie die Schiebkarren. Jetzt nahm der Autoverkehr zu, die Fahrer nahmen keine Rücksicht auf die Menschen, hupten vielleicht sogar. Das ist unsere Straße. Tatsächlich hatten früher die Anlieger die Straßengosse vor ihrem Haus selber gekehrt. Natürlich is dat use Strat.

Überfluss

In meinen jungen, frisch verheirateten Jahren war es nicht selbstverständlich, über benötigte Materialien zu verfügen.

Als wir in eine winzige Behausung auf dem Dorf umgezogen waren, schlichen Nachbarn vor den Fenstern vorbei und sagten: »Gardenen hett se ok all.« (Gardinen hat sie auch schon.) Stimmt, ich hatte ausrangierte Gardinen von meiner Schwester geschenkt bekommen. Heute allerdings verzichte ich auf Vorhänge wo irgendwie möglich. Bei uns schleicht auch niemand ums Haus.

Der Kirchturm hat gewackelt

2009 sitzt ein älterer, gebildeter Herr in Gesellschaft am Fuße der Stadtkirche St. Marien in Celle.

Er ist nachdenklich und sagt wiederholt: »Der Kirchturm hat gewackelt.« Ich frage den mir lange bekannten Herrn: »Wann hat er gewackelt?« Er antwortet nur stückweise nach meinen hartnäckig wiederholten Nachfragen. Und folgende Geschichte kommt heraus.

Als Schüler hatte er im 2. Weltkrieg bei Bombenalarm auf dem Kirchturm Feuerwache schieben müssen. Der Kirchturm wackelte durch die Bombardierung Hannovers. Der Himmel loderte von Feuer und Rauch. Nein, Celle blieb verschont. Die Briten verschonten Celle Dank der Verwandtschaft ihres Könighauses zum Schloss. Aber der Turm wackelte, auf dem er stand durch die Bombenangriffe auf Hannover; und Feuer und Rauch fern und doch so nah waren ein grausamer Anblick. Der Schüler hatte keinen festen Boden unter den Füßen. Und niemand wußte, was folgt.

Ich frage weiter: »Warum erzählen die Menschen nicht davon?« Antwort: »Vielleicht kann man es auch nicht.« Und inzwischen weiß ich, dass viele Menschen nicht einmal zuhören mögen.

Wer möchte einen neuen Krieg? Bitte niemand! Es gibt genug von Hass und Kriegen traumatisierte Menschen, die Hilfe nötig brauchen. Aber bald sind diese ausgestorben. Wir brauchen keinen neuen Krieg und keine Straßenschlachten.

Wochenende

Als Schüler hatte ich eine Siebentagewoche wie mein Vater bei seiner Arbeit. Von Events wußten wir nichts. Am Sonntag gingen wir in die Kirche und tankten bei Gottes Liebe auf. Eigentlich waren wir zufrieden und ruhig. Wir freuten uns, dass es bergauf ging. Und montags waren wir schulfähig.

Wenn ich heute einkaufe, bekomme ich spätestens ab Freitagmittag ein gutes Wochenende gewünscht. Es sieht nach Routine aus. Wenn ich dann einen guten Sonntag wünsche, lächelt die eine oder andere Kassiererin und wünscht einen guten Sonntag zurück. Auch sie hat noch einen langen Dienst vor sich. Wie wird sie auftanken? Wird sie sich zerstreuen oder sammeln? Ist es in dieser stressigen Zeit nicht hilfreich, das Gebot der Feiertagsruhe neu in den Blick zu nehmen?

Gehorchet euren Lehrern und folget ihnen, denn sie wachen über eure Seelen

Dieser Vers aus der Bibel ist ein Brief an die Gemeinde der Hebräer und steht im 13. Kapitel. Mit den Lehrern sind die Seelsorger, Pastoren der Gemeinde gemeint. Der Vers steht als Inschrift aus Stein auf der Mauer meiner früheren Arbeitsstätte, einem Kindergarten. Das Haus wurde 1911 als Schule gebaut.

Der Vers geht weiter – **und dafür müssen sie Rechenschaft geben** – damit sie das mit Freuden tun und nicht mit Seufzen; denn das wäre nicht gut für euch.

Ja, eigentlich ist dieses Wort für die Pastoren gedacht, die Verantwortung für die Seelen ihrer Gemeinde tragen. Doch auch Ärzte, Therapeuten, Lehrer wie Erzieher stehen den Menschen verantwortlich nahe. Wenn ich an meine Nachkriegsschulzeit denke, frage ich mich, wie ist es möglich, fünfundvierzig Schülern in einer Klasse ein Seelenwächter zu sein. In der Grundschule im Dorf hatte der Lehrer allerdings bessere Übersicht und konnte sich hier und da behutsam in Familienangelegenheiten einmischen.

Mich hat dieser Vers manchmal etwas bedrückt. Die Epoche des absoluten Gehorsams war vorbei.

Und wie gut war ich als Seelenwächter? Ich war kein Pfarrer, kein Gemeindevorsteher. Ja, Rechenschaft habe ich immer zu geben. Konflikte gibt es unter Menschen zu bewältigen. Und es gibt diesen Leitvers am Haus, allerdings an eine Gemeinde in Korinth gerichtet, vielleicht an eine mit speziellen Begebenheiten.

Der Kindergarten hatte vorwiegend Vorschulkinder; und die Arbeit brachte Freude. Davon will ich erzählen.

Es gab ein Ziel, auf die Schulreife der Kinder hin zu arbeiten. Das geschah mehr oder weniger spielerisch. Ich versuchte, in Liebe miteinander zu leben. Schwierigkeiten gab es auch bei manchem Kind. Ich wollte das Kind positiv beeinflussen, ja, auch seine Seele nicht vergessen. Raum zur Entwicklung geben, fördern oder auch bremsen und schlichten. Meine Kindergartengruppen wirkten harmonisch, lebendig, ruhig. Bestimmt habe auch ich Fehler gemacht.

Einmal erlebte ich, wie ein neuer Junge an seinem ersten Tag zu mir sagte: »Du hast mir gar nichts zu sagen!« Ich war nur an seinen Frühstücksplatz getreten, um ihm evtl. behilflich zu sein. Hatte er schon zu viel Personen gehabt, die an ihm rumerziehen wollten, Angst vor Gewalt? Hatte er Angst vor der neuen Situation? Ich nahm mich zurück mit den Händen auf dem Rücken, sprach ruhig, half ihm schließlich. Wir sind in Zukunft gut miteinander ausgekommen – auch wenn er manchmal anstrengend war.

Unsere Zeit war trotz Arbeitsblättern und Lernangeboten nicht verkopft. Eine gewisse Ordnung und Regelmäßigkeit gaben Sicherheit. Vielseitig waren unsere Angebote. Wir nutzten die Natur – und wenn es zum Schlittenfahren auf dem Grundstück war, machten lange Waldspaziergänge. Wir tanzten, turnten, bastelten, sangen, kochten und experimentierten. Wir hatten Wassergewöhnung und Schwimmen auf dem Plan, feierten sogar Feste im Wasser mit Hilfe der Eltern. Auch bei Busausflügen begleiteten uns dankbare Eltern. Wir erkundeten das Kommunale Geschehen.

Ich hoffe, auch für das ewige Heil genug getan zu haben – vielleicht auch manchmal durch mein Verhalten? Das Beten war mir selbst nicht fremd. Doch arbeitete ich in einem kommunalen Kindergarten. Bei jeder Kirchenbesichtigung gab ich den Eltern mein Vorhaben bekannt. Lieder hatten christlichen Inhalt, biblische Geschichten gab es zu christlichen Festen. Der Glaube gibt ein Gestärktsein im Inneren des Menschen. Nach einer Matratzenparty erzählte ein Junge aus gläubigem Haus seiner Mutter strahlend, ich hätte u.a. das Abendlied seiner Mutter gesungen. Ja, so hatte er sicher einschlafen können.

Das Wachen der Lehrer birgt viel Verantwortung. Heute höre ich viele Lehrer über die Disziplinlosigkeit der Schüler klagen. Sie fühlen sich überfordert. Sie klagen, die Kinder seien zu unruhig, die Eltern zu fordernd. Auch die Erzieher klagen mehr denn je.

Ich entsinne mich gern daran, wie sich beim Abholen des Kindes manche Eltern leise im Gruppenraum aufhielten oder sich mit in den Stuhlkreis setzten, sich dort entspannten, mitlernten.

Meine jungen Nachfolger verbannten die Eltern vor die Gruppenraumtür. Bildung, Wissen rückt heute in den Vordergrund. Und Geld ist für die Einrichtungen mehr vorhanden als vor Zeiten. Gibt es für die Eltern persönliche Hilfe, Nächstenliebe, wenn ihr Kind auffällig ist? Die modernen Kindergärten sind sehr bildungsorientiert. Das richtige Maß zu finden, zeigt so seine Tücken. Ja, was haben wir früher falsch gemacht; was wird heute falsch gemacht? Kürzlich hörte ich einen längst pensionierten Lehrer ausrufen: »Die Schüler mögen mir bitte manches verzeihen!« Auch die Seelsorger sind nicht perfekt.

Immer mehr erfüllt mich Dankbarkeit im Rückblick auf meine Arbeit. Sie war fröhlich trotz mancher Strapazen und niemals ist ein schrecklicher Unfall oder ähnliches passiert. Gott sei Dank!

Und ich frage, wie werden die Kinder gesund groß mit Kinderkrippen, sehr viel mehr berufstätigen Eltern, häufig geschiedenen Ehen, zunehmendem Lärm, Stress, Bildungszwang, unsauberer Luft?

Vielleicht hat die jetzige Coronakrise auch positive Seiten. Nach der Zeit der Kinderkrippen müssen sich Familien vermehrt um ihre Kinder kümmern – schaffen sie es, oder explodiert das Miteinander? Oma und Opa gewinnen neu an Bedeutung. Die materiellen Ansprüche werden neu sortiert werden müssen. Wir lernen, nicht alles selbst in der Hand zu haben. Es ist eine Chance, bescheidener, sozialer zu werden. Natürlich brauchen wir auch Bildung. Und durch die aktuellen Ereignisse erinnere ich mich an meine Kinderzeit, als ich das Toilettenpapier für meine Familie aus Zeitung schneiden durfte.

Die Coronakrise wird manches verändern. Und auch die ausländischen, fremdsprachigen Kinder müssen angenommen werden. Geben wir ihnen die Möglichkeit, die deutsche Sprache zu lernen, sich zu integrieren. Geben wir den kleinen Menschen Raum in unserem Herzen?

Wach auf, du Geist der ersten Zeugen
Vers 8: Laß jede hoch und niedre Schule
die Werkstatt deines Geistes sein,
ja sitze du nur auf dem Stuhle
und präge dich der Jugend selber ein,
dass treue Lehrer viel und Beter sein,
die für die ganze Kirche flehn und schrein!

O Gott, du frommer° Gott °barmherziger
Vers 2: Gib, dass ich tu mit Fleiß,
was mir zu tun gebühret,
wozu mich dein Befehl
in meinem Stande führet.
Gib, dass ich's tue bald
zu der Zeit, da ich soll,
und wenn ich's tu, so gib,
dass es gerate wohl.

erdverbunden und geborgen zwischen der Scholle
des Kartoffelackers

Fast ein Liebesbrief

Liebe Freundin,

wir kennen uns seit dem 7. Schuljahr. Ich hatte gerade meine Freundin verloren, du wechseltest die Schule und warst unsere Neue. Der Lehrer setzte uns nebeneinander. Du warst allen gegenüber aufgeschlossen, kameradschaftlich, wurdest später unsere Klassensprecherin. Deine unterhaltenden Ideen hattest Du aus der Jugendzeitung »Rasselbande«. Bei Schulausflügen lernten wir von Dir Scharaden, die mit »und drunter soo dick mit Wanzendreck beschmiert« endeten. Diese kanntest Du aus Deinem Jugendkreis. Wir gingen nach der Schule in Grüppchen fröhlich zum Bahnhof, wo die Zugrichtungen uns trennten.

Aber es gab eine Zeit, da durfte ich in Deiner Familie den Abend verbringen, mit Dir, Deinen Eltern und drei Geschwistern. Deine Mutter war sehr gastfreundlich. Zunächst erzählte ich Dir so nebenbei und doch eifrig – etwa beim Stachelbeerenpflücken im großen Garten – von Gott, dem Gelernten im Konfirmandenunterricht. Du warst eine gute Zuhörerin! Später hast Du gesagt, mein Eifer habe Dich nachdenklich gemacht und sei später wegweisend gewesen. Ich durfte bei Euch auch die Nacht verbringen. Dir und Deinen drei Schwestern machte es nichts aus, zu dritt in zwei Betten zu schlafen. Es war unkompliziert. Wir hatten uns im Dunkeln viel zu erzählen. Ich habe genossen! Wir hatten beide den gleichen Beruf: Kindergärtnerin und Hortnerin. Es zog uns zusammen nach Bremen in die von meiner Tante unbewohnten Wohnung. Die Arbeit war anstrengend und lang. Sonntags sahen wir uns dies und das an, – ein wenig Kultur. Oder wir fuhren mit dem

Fahrrad in die Jugendherberge nach Ganderkesee. Das war mit anderen jungen Leuten Entspannung in aller Bescheidenheit. Unseren Sommerurlaub verbrachten wir trotz Abraten meiner Tante in der Jugendherberge Worpswede natürlich mit dem Fahrrad. Wir waren uns einig. Mit Gesang und der Mundorgel zogen wir durch Moor und Kunstaustellungen. Du warst ein so toller Kumpel!

Danach zog es Dich für ein paar Jahre nach Amerika zu Verwandten. Ich habe Deinen Mut bewundert. Zum Glück warst Du brieflich erreichbar. Wieder zurück in Deutschland hast Du nach einem Jahr Arbeit im Heim die Jugendleiterinausbildung gemacht. Ich hätte dir gern nachgeeifert, doch mir fehlte der Mut trotz Deiner guten Zusprüche. In meiner späteren Berufstätigkeit hast Du mir gute Hinweise gegeben und Arbeitsprogramme geliefert.

Obwohl Du nicht in Reichtum lebtest warst Du bereit, uns etwas Geld zu leihen, damit wir unseren Neubau voranbringen könnten. Wir brauchten es dann doch nicht. Deine Zuwendung und Hilfsbereitschaft ist beachtlich, absolut nicht selbstverständlich.

Du nahmst auch die Patenschaft bei unserer ältesten Tochter an. Es kamen so liebevolle, kleine Geschenke. Und Fürbitte kennst Du auch. Hin und wieder hast Du uns besucht; auch ich durfte mit zwei Kindern bei Dir einkehren. Inzwischen warst Du »auf den Hund gekommen« – für unsere Kinder ein gewöhnungsbedürftiges, schönes Erlebnis. Mit unserem Sohn habe ich Dich später in Deiner neuen Familie besucht.

Du hast inzwischen mehr Bibelkenntnis als ich. Es tut gut, so eine langjährige Freundin bis ins Alter zu haben. Unsere Freundschaft ist beständig, obwohl Du viele neue Freunde hast. Wir treffen uns ab und an. Auch Klassentreffen gab es. Das Briefeschreiben ist geblieben, das Telefonieren ist dazugekommen. Wir erzählen nicht nur die Neuigkeiten, sondern wir schütten uns auch das Herz aus in Freud und Leid. Du kannst mitfühlen, begleiten. Ich möchte Dich bald für einen Tag besuchen. Werde ich die Fahrt noch schaffen? Keiner weiß, wie lange unsere Kräfte noch reichen werden. Aber Du wirst offen sein. Dafür danke ich Dir!

Ich danke Dir von Herzen, bleib behütet! Deine Freundin Ischi

Mein Garten

Wie ich es in Dänemark kennenlernte, so ist auch mein Garten von Stauden eingerahmt – zu meiner, der Insekten, der Bäume und Sträucher Freude. Der Garten ist wegen meiner abnehmenden Kräfte geschrumpft. Aber ich freue mich bei der Arbeit über die Bewegung an der frischen Luft sowie über die anschließende Ruhepause – geschafft!
Freude über Freude!
Im Frühjahr kommt das Rätselraten: Was wird gedeihen nach der mühevollen Bodenbearbeitung, dem schrittweise Sähen und Pflanzen? Und schon wachsen die im Vorjahr ausgesamten Bauernblumen, der Dill, die Sonnenblumen aus dem winterlichen Vogelfutter, die Diestel, die ich mal von einer Kur mitbrachte. Mein Garten gedeiht nach Gottes Anweisung. Und ich fange an zu staunen über die einfach so blühenden Bäume, die ich kaum gepflegt hatte. Die Beerensträucher bekommen auf geheimnisvolle Weise Früchte. Und endlich treibt auch das Maggikraut auf dem Kräuterbeet aus. Der Star nimmt schon mal auf der Bohnenstange Platz und singt sein Lied bei bester Übersicht. Harmonie nimmt Gestalt an.
Es folgt der Kampf mit dem Unkraut. Die Bohnen müssen nachgelegt werden. War meine selbstgeerntete Saat der alten Sorte »blaue Hilde« nicht gut genug? Dann denke ich schon mal: »Im nächsten Jahr gibt es nur noch Kartoffeln.«
Und bald erfreut sich mein Herz an der Pracht des Wachsens und Blühens. »Geh aus mein Herz, und suche Freud in dieser lieben Sommerzeit an deines Gottes Gaben.« Wie hat der Schöpfer nur alles so kunstvoll und schön gemacht! Die Sehnsucht nach Harmonie hat sich erfüllt. Auch dür-

fen wir hier und da etwas ernten. Die Küche wird bereichert, Besucher dürfen kosten. Es wird Gelee gekocht und davon verschenkt. Ich freue mich und denke an meine arme Schulzeit in der Gärtnerei zurück, als wir hin und wieder etwas Obst und Gemüse für uns ernten durften. Die Erinnerungen aus alten Zeiten werden ohnehin mit zunehmendem Altern stärker.

Wenn der Herrgott es nicht regnen lässt, kann ich in meinem Garten mit Pumpe und mit Schlauch gießen. Noch ist genug Wasser da. Gegen überschwemmten Garten bin ich machtlos. Ach, mögen wir Mutter Erde pflegen und behüten, damit sie erhalten bleibt, Klimakatastrophen ausbleiben.

Unsere Besuchergruppe genießt bei Hitze den Schatten der Buche. Wir können dort speisen, in Ruhe Nickerchen machen, die Ruhe und Schönheit der Natur genießen. Mein Mann hat eine Insel mit ausgereiftem Gras und vertrockneten Margueriten stehen gelassen – für die Grashüpfer – wie er meinte. »Seht mal, wie das Gras jetzt mit dem Wind schwingt.« Und ich hörte, »Unkraut gibt es nicht, nur Kraut.« Man hatte das sich ausbreitende, weißblühende Mutterkraut entdeckt – ein Beet für sich auf kargem Rasen. Ich staune, welche Pflanzen plötzlich »auftauchen«, die ich nie gesät habe, wie ,z.B., das Mutterkraut oder auch das derbe, hübsche Gras in unserem Regenwasserablauf. Ist der Regenablauf trocken, dann schläft am Tage der Kater darin unter dem Gras versteckt.

Eines Tages kann ich den Garten nicht mehr pflegen. Eines Tages werde ich selber zur Erde. Und ich darf auferstehen, dem wunderbaren Schöpfer persönlich begegnen, ist doch wunderbar ...

HERR, wie sind deine Werke so groß und viel!
Du hast sie alle weislich geordnet,
und die Erde ist voll deiner Güter. Psalm 104, 24

Das Reh

Ein Reh steht hinter dem Haus auf unserem einfachen Rasen und kaut. Es sieht schön aus mit seinem glatten, strahlendbraunem Fell – sehr gepflegt. Aber wie ist es hereingekommen? Oh Schreck, die Pforte zum Acker hat ein großes Loch.

Das Reh geht um das Haus herum. Und was wird es jetzt tun? Tatsächlich legt es sich hinter den Rhododendron nieder, schließt die Augen. Wunderbarer Frieden bei uns. Eine Weile vergeht. Wo ist das ruhende Reh geblieben? Mein Salat im Vorgarten! Ich renne zur Haustür und öffne sie. Da steht das wunderbare Reh, genießt die Spitzen von meinem Kohlrabi, nimmt mich wahr und rennt schnell den ihm bekannten Weg ins Freiland zurück.

Tatsächlich ist alles Mögliche angeknabbert. Ich weiß jetzt, das Reh hat auch vormals manches verzehrt, was ich bislang auf meine Unachtsamkeit geschoben hatte. Und ich weiß, was Rehen schmeckt, was sie verschonen. Unser Jägernachbar meint, Rehe seien lecker. Sie bevorzugen das Feinste. Und endlich hätte das Reh etwas anders gefunden als Maisfelder und öde Wegränder.

Unser Tor wird repariert. Das Reh findet andere Zugänge, Dem Reh schmecken nun auch die Rosen unseres Nachbarn gut. Dieser hängt mit Erfolg den Zugang zum Garten mit bunten Bändern zu. Wir haben Ruhe. Die Bänder werden abgenommen. Und siehe da – alles ist wie gehabt. Allerdings ist jetzt das Rehjunge beim Fressen zu sehen. Seine Mutter hatte sicher dem Kind diesen herrlichen Futterplatz angewiesen, denn es soll groß und stark werden, seine Freude haben.

Inzwischen hat sich mein Garten einigermaßen erholt, Stangenbohnen waren ab Rehhöhe zu ernten. Die Blumen trieben ein zweites mal aus. Das Beet ist eine hübsche Oase geblieben. Wir sind nicht verhungert, konnten sogar abgeben.

Vogelkommunikation

Manchmal machen die Vögel lauten Alarm. Dann weiß ich, Nachbars Katze ist in der Nähe. Ebenso schimpfen die Vögel, wenn ich die Beeren pflücke. Wie kann ich Besitz von ihrem Revier nehmen!

Und wenn mein Mann mit dem Mülleimer zum Kompost geht, ist fröhliches Geschwätz ringsherum. Kaum hat er den Eimer entleert und sich auf den Rückweg gemacht, sitzen die Vögel auf dem Kompost und halten Mahlzeit.

Im Frühling laben sich die Stare an den kleinen Häuserschnecken. Die zerschmetterten Häuser liegen auf dem Steinweg herum. Ich bin dankbar für das Töten der Schnecken und biete den Staren an: »Bald könnt ihr den Kirschbaum leerfressen.« Das tun sie dann auch.

Der freundliche Unbekannte

Mein Mann und ich stehen in Cuxhaven am Fähranleger, wo abends das Schiff von Helgoland erwartet wird. Das Schiff nähert sich. Es ist ein schöner Anblick. Die jungen Festmacher wärmen sich am Kai durch schnelle Bewegungen fröhlich an, um bald für ihre schwere Arbeit fit zu sein. Gleich gilt es, die zugeworfenen Leinen über die Poller zu ziehen, schweres Gepäck auszuladen.

Die Fähre »Helgoland« biegt ein. Die Arbeit geht los. Bei den jungen Männern ist neben Kraft auch Geschwindigkeit angesagt. Zusätzlich geben sie den Passagieren freundlich Auskunft und scherzen.

Mir ist vom Stehen müde geworden, und ich setze mich ans Ende einer Bank. Mein Mann bleibt neben mir stehen, weil er so besser beobachten kann. Der Strom der aussteigenden Passagiere scheint kein Ende zu nehmen. Ah, ein nicht mehr ganz junger Passagier mit einem entspannten und mir symphytischen Gesicht stellt seinen historischen Lederrucksack neben mich auf die Bank und ist dabei, die umständlichen Verschlüsse dieses alten, hübschen Rücksacks zu öffnen. Ich sage spontan in Gedanken an den zollfreien Einkauf auf Helgoland: »Oh, haben sie mir etwas mitgebracht?« Er antwortet nach einem Zögern freundlich: »Nein.« Etwas arbeitet in ihm, und er sagt lächelnd zu mir: »Das nächste mal.« Da lachen wir alle. »Ich suche meinen Kamm. Muss mich wieder stadtfein machen,« kommt seine Erklärung. Lächeln. Und nun interessiert er sich für uns: »Holen sie jemanden ab, oder warten sie auf ihr Auto, wohnen sie hier? So, jetzt bin ich stadtfein.« Er kann seinen

Kamm wieder umständlich einstecken. »Nein, nein, wir sehen uns nur das nette Treiben hier an, stehen mit dem Wohnmobil dort auf dem Stellplatz.« Ein Leuchten ist in seinen Augen: »Das wäre auch noch was für mich.« Kopfnicken – und weg ist er. Er hatte sicherlich einen erholsamen Tag; und ich wünsche ihm still einen behüteten Weg in seinem Alltag.

Däumchendrehen

Eine Oma, geb. 1905, erzählt aus ihrer Kindheit vom Däumchendrehen. Sie haben abends mit der Familie zusammen gesessen und in Ruhe einen Daumen um den anderen gedreht. Wenn es im Alter bei ihr abends langweilig war, sagte sie ernsthaft, wir könnten ja Däumchen drehen. Und manchmal tat sie es auch. Mehr Information habe ich nicht. Hat man sich damals erzählt, Strom gespart?

Als ich fünf oder sechs Jahre alt war, war es eine böse Zeit in Deutschland. Meine Mutter und ich fuhren auf einer Fähre. Ich saß auf dem Schoß meiner Mutter, die mit mir Fingerspiele machte. Auch die Menschen ringsherum hatten Spaß dabei.

Das ist der Daumen, der schüttelt die Pflaumen, der hebt sie auf, der bringt sie nach Haus, und der kleine Schelm isst sie alle wieder auf.

Der Daumen ist der Daumen, klar. Die andere Hand fasst ihn an und geht dann von Finger zu Finger weiter. Und der kleine Schelm erheitert das Gemüt.

Es gibt schwierigere Fingerspiele, die mit beiden Händen aktiver sind. Im Kindergarten gehörten sie vor zwanzig Jahren noch zum »guten Ton«. Konzentration ist gefragt, Beweglichkeit der Finger. Auch für sprachgeschädigte Kinder ist Rhythmus mit Bewegung eine gute Förderung. Als Erzieherin konnte man manche Störung durch Fingerspiele positiv beeinflussen. Übung, Übung, und dabei macht alles so viel Freude.

Däumchendrehen regt das Gehirn an. Ich mag es kaum sagen, weil sofort alle lachen. Eine vielseitig ausgebildete, erfahrene Krankengymnastin nimmt die Fingerspiele auch als Gehirntraining ernst. Sie bestätigt meine Meinung und lacht: »Heben sie die Hände an und fahren mit den Daumen vom Zeigefinger immer weiter bis zum kleinen Finger. Ja so, und rückwärts, vorwärts, schneller, schneller.« »Das hilft nicht nur der Beweglichkeit sondern auch dem Gehirn.« Endlich einer, der mich versteht! Die alten Pädagogen aus dem 19. Jahrhundert waren uns mit ihren Fingerspielen voraus. Eine Bekannte hat vor Zeiten einen Kursus »Fingerspiele« belegt und kann nun Erwachsenengruppen in gute Stimmung bringen. Neulich hat sie ihre Bettnachbarn im Krankenhaus mit den Spielen beschäftigt und in Fröhlichkeit verzaubert.

In der Kirche, damals, heute und später

F rüher« ist kein Maßstab. Die Welt verändert sich durch Erfindungen, Klima, Krieg und Frieden ...

Immer wieder kommen neue Herausforderungen auf uns zu. Und trotzdem sind mir die Erinnerungen an früher wertvoll. Sie bringen mich zum Nachdenken.

Früher, das war 1911, gab es in unserem kleinen Ort Wietze eine hausähnliche Kirche. Der Kirchsaal war groß genug und ehrwürdig. Auch für einen Chor bot er Raum. Von außen war alles gut anzusehen. Durch Ölbohrungen wurden die Leute reich und es wurde viel gebaut. Bauherr Klebe plante ein Wohnhaus mit Gaststätte und Hotel. Das brauchte schon Raum. Eines Tages kam der Pastor zu Klebe. Der Pastor beanstandete die Höhe des Bauvorhabens, zumal es auf einer winzigen Anhöhe lag. Es war nämlich höher als das Kirchengebäude. Das hatte nicht zu sein, das durfte nicht sein! Im Ort ist die Kirche immer höher als das höchste Gebäude. Nun war guter Rat teuer. Bauherr Klebe spendete der Kirche eine gute Summe Geld. Nun durfte er wie geplant das Haus bauen. Es steht heute noch an Ort und Stelle und ist schön anzusehen.

Ab 1945 – nach dem Ende des 2. Weltkrieges – waren Kirchen gut besucht, und sonn- und feiertags fast überfüllt. Eine Volksweisheit sagt: Not lehrt beten. Es ging streng geregelt im Gottesdienst zu, auch mit Reue und Buße, Barmherzigkeit und mit vielen Gesängen und langen Predigten. Die Kinder verhielten sich ruhig. Im Jugendkreis war man bescheiden, freute sich am Beisammensein. Ich habe kleine Wanderungen mit Volkstanz erlebt. Die Menschen suchten

Stärkung, Trost, Vergebung, Wegweisung, Gottes Liebe. Sie fühlten sich in der Kirche miteinander geborgen. In Bad Rehburg fand ein behelfsmäßiger Religionsunterricht statt. Als beim Beten des »Vater unser« ein älterer Junge aus wohlhabendem Hause laut lachte, wurde er sofort vom Lehrer geschlagen. Ich kleines Mädchen war sehr beeindruckt. Es ging alles ruhig weiter.

Zurück nach Wietze, wo die oben genannte Kirche zu klein wurde. 1963 wurde eine große Kirche mit Turm geweiht. Einzelne Menschen, die mit Kirche nichts am Hut hatten, meckerten über den Turm, der angeblich zu dicht an der Straße gebaut war. Autos und Turm haben bis heute keinen Schaden genommen. Die Kirche zeigt sich durch den Turm present. Im allgemeinen war die Freude groß. Die Kirche war gefüllt. Ach, ist das lange her!

Wir haben das Jahr 2018. Vor ein paar Jahren wurde für den Gottesdienst der Kirchraum sehr verkleinert. In das hintere teil wurde der Gemeindesaal integriert. Der ehemalige separate Gemeindesaal wurde dem Kindergarten zugeordnet. Architektonisch ist der Umbau gelungen. Nur leider sind zum Gottesdienst wenige Plätze belegt, obwohl der Ort Wietze um ein vielfaches gewachsen ist.

Ja, die Kirchen werden immer leerer, die Gesänge immer spärlicher.

Aber bei Gemeindetreffen und –kreisen kann gut aufgetischt werden. Im allgemeinen leben die Menschen heute im Wohlstand. Es gab Auf und Ab in der Kirche. Vor hundert und mehreren hundert Jahren kauften sich die wohlhabenden Leute einen Kirchstuhl manchmal auch mit Namen versehen. Oder man bezahlte der Kirche einen Platz. Trotz des bezahlten Platzes gingen manche Menschen nicht einmal zu Fest- und Feiertagen zum Gottesdienst. An Taufe, Konfirmation, Eheschließung, Beerdigung hielten sie dennoch fest. So berichtet Hermann Löns in »Die Häuser von Ohlenhof«.

»Der Wohlstand ist nicht gut für uns,« sagte kürzlich ein vierzigjähriger Nichtkirchgänger. Der Blick auf Gott fehlt mit Danksagung, Gebet, Begleitung durch Gottes Wort. Wo bleiben die vielen Menschen, die Gottes Gnadenangebot, die Erlösung in die Ewigkeit vergessen? Wo bleibt der Sonntag als Ruhetag? Irren die Menschen von einer Feier zur anderen? Hier und dort ein Event darf nicht ausgelassen werden? Hetzen sie nach Erfolg und Geld? Immer höher, immer besser? Werden sie zu Terroristen? Gibt es noch genug Liebe, Verzeihung, Barmherzigkeit, Liebe unter den Menschen?

Was sagt Gott dazu? Wie lange wird er sich das Treiben ansehen? Haben wir einen nächsten Krieg zu fürchten? Der Verlierer des Krieges hat verloren aber auch der Sieger hat große Verluste. Ein überlebender Mann, der als junger Mensch unter den Trümmern Dresdens verschüttet war, sagte am 13. Februar 2021, dem Gedenktag des Bombenangriffs: »Krieg ist ein Verbrechen, mit dem man nie fertig wird.«

Die Bibel schreibt im Alten Testament, 5. Mose 32, Vers 7:

»Gedenke der vorigen Zeiten und hab acht auf die Jahre von Geschlecht zu Geschlecht. Frage deinen Vater, der wird dir's verkünden, deine Ältesten, die werden dir's sagen.

Wie ein Adler ausführt seine Jungen und über ihnen schwebt, so breitete der Höchste seine Fittiche aus und nahm ihn und trug ihn auf seinen Flügeln.

Der HERR allein leitete ihn, und kein fremder Gott war mit ihm. Er ließ ihn einherfahren über die Höhen der Erde und nährte ihn mit den Früchten des Feldes und ließ ihn Honig saugen aus dem Felsen und Öl aus hartem Gestein ....

und tränkte ihn mit edlem Traubensaft ...

Als aber Jeschurun (Israel) fett ward, wurde er übermütig. Er ist fett und dick und feist geworden und hat den Gott verworfen, der ihn gemacht hat. Er hat den Fels seines Heils gering geachtet und hat ihn zur Eifersucht gereizt durch fremde Götter, durch Gräuel hat er ihn erzürnt. Sie haben den bösen Geistern geopfert und nicht ihrem Gott. Deinen Fels, der dich gezeugt hat, hast du außer Acht gelassen und hast vergessen den Gott, der dich gemacht hat. Und als es der HERR sah, ward er zornig über seine Söhne und Töchter.

Die Bibel schreibt im Neuen Testament Lukas 19, V 10:
»Denn der Menschen Sohn ist gekommen, zu suchen und selig zu machen, was verloren ist.«

DANKE!

Dein Wort ist meines Fußes Leuchte und ein Licht auf meinem Wege.

Weise mir HERR, deinen Weg.

Du tust mir kund den Weg zum Leben; vor dir ist Freude die Fülle und Wonne zu deiner Rechten ewiglich. Psalm 16, V.11

Also hat Gott die Welt geliebt, dass er seinen eingeborenen Sohn gab, auf dass alle, die an ihn glauben, nicht verloren werden, sondern das ewige Leben haben. Johannes 3, V.16

Denn des Menschen Sohn ist gekommen, zu suchen und selig zu machen, das verloren ist. Lukas 19,V. 10

Suchet in der Schrift; denn ihr meint, ihr habt das ewige Leben darin; und sie ist's, die von mir zeugt. Johannes 5, V. 39

Und der Engel sprach zu ihnen: Fürchtet euch nicht! Siehe, ich verkündige euch große Freude, die allem Volk widerfahren wird, denn euch ist heute der Heiland geboren, welcher ist Christus, der HERR, in der Stadt Davids. Lukas 2, V. 10+11

Die Kirche verkündigt die Bibel, gibt Segen, Erlösung für die Ewigkeit, Gemeinschaft. Und das ist so trotz aller menschlichen Unzulänglichkeiten. Sie ist eben Gottes Haus, in dem die Menschen beschenkt werden.

Zufall, Bestimmung, Fügung, Führung?

Ist Zufall ein komisches Wort? Ich komme zu Fall, ja. Aber nicht immer sind Zufälle negativ. Oft erkennen wir Zufälle nicht. Im Nachhinein können wir manchmal staunen, wenn wir Zusammenhänge einzelner Ereignisse erkennen.

Krebs:
Mein Kindergartenkind Markus lag mit Magenkrebs im Krankenhaus. Ich besuchte ihn. Auch lieh ich mir Literatur über Krebs aus und informierte mich. Nach fast zwei Jahren Krankschreibung stellt man bei mir hochgradigen NON-HOTKINS-Krebs fest. Bei der Behandlung gibt es einige Komplikationen. Z. B. bekommt mir die Chemo nicht, da die Leukos stark herabfallen und ich mich vor Schwäche ins Bett retten muss. Da gibt es seit kurzem ein neues Medikament in Spritzenform auf dem Markt, das mich vom Sterben retten soll. Hurra! Und es hilft!

Auch Markus ist wieder gesund geworden! Es stellt sich heraus, dass an ihm Dank der Unterschrift seiner Eltern damals dieses Medikament getestet wurde. »Wir haben gedacht, wenn wir jemandem helfen können, dann unterschreiben wir eben. Da hat er es ja für sie gemacht!« Nun kam auf allen Seiten Freude und Dankbarkeit auf.

Ich hatte durch die Krebsliteratur während der Krankheit an Orientierung und Sicherheit gewonnen. Bei allem Jammer war die Fügung gut. Auch Markus geht es weiterhin bestens. Gott sei Dank!

Das späte Erkennen meiner Krankheit hatte den Vorteil, zu diesem Zeitpunkt ein helfendes Medikament zur Verfügung zu haben, ohne das ich vielleicht sonst nicht überlebt hätte.

Meine Schwäche schränkte meine Arbeitskraft im eigenen Haushalt ein und ich suchte eine Haushaltshilfe. Ich fragte bei einer mir Bekannten um Hilfe. Doch sie musste leider absagen, da sie eine Dauerfestanstellung angenommen hatte und ausgelastet war. Sie würde sonst gerne kommen.

»Mein Gott, hilf mir!« Da kommt unverhoffte Hilfe:
Eine Woche später klingelt es bei uns an der Haustür. Dort steht eine alte, mir wenig bekannte Dame mit ihrer mir unbekannten Schwiegertochter. Sie fragen zaghaft und bescheiden an, ob die Schwiegertochter Anna bei mir helfen darf. Sie darf! Sicher hatte man bei einer Feier von meinem Anliegen gesprochen. Dank den Menschen, die lieb an mich gedacht haben und Gott, der sie geschickt hat! Anna war erst vor einem Vierteljahr als Ungarin mit ihrem deutschstämmigen Mann aus Rumänien nach Deutschland gekommen. Ein Deutschkurs hatte sie absolviert. Wieder mal Gott sei Dank, der Gebete erhört!

Dreiundzwanzig Jahre arbeitete Anna bei uns und gehörte zur Familie. Nun ist sie Rentnerin und sagt: »Bei dir habe ich deutsch gelernt.« So war es eine gute Fügung.

Ich sehe die Rentnerin Anna nicht mehr so oft. Neulich telefonierte ich spontan mit ihr gerade zur rechten Zeit. Sie war »zu Fall« gekommen, hatte sich unglücklich den Arm gebrochen, musste noch einmal ins Krankenhaus. Sie konnte sich über ihre Lage aussprechen, ich konnte teilnehmen, versuchte, ihr Mut zu machen. Wir beten und hoffen. So sehe ich das spontane Telefonat als Fügung an.

Fügung und Hilfe im Pflegeheim:
Seit vielen Jahren besuche ich eine Verwandte im Pflege-

heim. Seit langem ist sie bettlägerig und stark dement. Sie freut sich, wenn ich komme und sagt es mir auch. Bei mir ist die Freude gedämpft, da ich oft nicht weiß, was auf mich zukommt und was ich mit ihr anfangen soll. So bitte ich vorher um Segen und Geleit. Längst habe ich viele der gesegneten »Zufälle« im Laufe der Zeit vergessen. Besonders die seelsorgerischen Begebenheiten vergesse ich schnell. Und doch wunder ich mich, wie mir zu Sorgen, Nöte, Freude für sie gerade das Passende einfällt.

Einmal weinte sie sehr, fing nach Pausen immer wieder das Weinen an. Und aus mir kommt heraus:

»Mach End', o Herr, mach Ende mit aller unsrer Not.« Sofort spricht sie weiter: »stärk unsre Füß und Hände und lass bis in den Tod uns allzeit deiner Pflege und Treu empfohlen sein, so gehen unsre Wege gewiss zum Himmel ein.« Sie hatte diesen letzten Vers von Paul Gerhardts Lied »Befiehl du deine Wege« an dem Tag auswendig im Kopf. Was noch viel schöner war, das Weinen hatte aufgehört.

An dem Tag, als sie den Nachmittagssemmel nicht mag, komme ich »zufällig« zur richtigen Zeit mit meinen Keksen an. Wir beide freuen uns. Manchmal spielt sie mir durch ihre eigenen verdrehten Worte ihr helfende Antworten zu. Ich höre und antworte. Fast jedesmal können wir zusammen lachen. Ich staune. Danke!

Zufällig – denn eigentlich hatte ich einen ganz anderen Termin – treffe ich auf einem Parkplatz die Hinterbliebene der kürzlich verstorbenen Heimbettnachbarin. Ich wollte die trauernde Frau längst gesprochen haben. Außerdem steht eine weitere treue Besucherin dabei, die die Dinge um die Bettnachbarin ja auch kennengelernt hatte. Da kam dieses Gespräch zu Dritt gerade richtig! Mitten zwischen den parkenden Autos sprachen wir uns von der Seele, tauschten uns aus. Und wie von selbst endete das Gespräch tröstlich mit: »Denn dein ist das Reich und die Kraft und die Herrlichkeit in Ewigkeit. Amen.«

Hilfe:
Ein schöner Zufall war es auch , als ein Verwandter bei seinem Besuch in unserem jungen Haushalt 50- DM hinterließ. Unser Haushaltsgeld reichte für uns drei Personen damit bis zum nächsten Ersten.

Tödlicher Unfall und Bewahrung:
Der junge Mann fährt per Auto mit einem Freund von Niedersachsen in die Pfalz. Dort will er von einem weiteren Freund sein von ihm repariertes Auto zurückholen. Das Auto war längst bezahlt und nun fertig. Wegen des weiten Weges und der Freundschaft sollte bei dem dortigen Freund übernachtet werden. Doch die zwei Autofahrer entscheiden abends plötzlich, den weiten Heimweg ohne Übernachtung anzutreten. Gesagt, getan. Sie kommen glücklich zu Hause an. Am folgenden Tag erhalten sie die traurige Nachricht, der Freund in der Pfalz habe mit seinem dortigen Freund eine Nachttour unternommen und beide seien dabei tödlich verunglückt. Der Schreck ist groß, das Staunen und die Freude des Überlebens andererseits gewaltig. Gottes Führung ist wundersam.

Gottes Zeiteinteilung:
Wegen einer Pflegeverpflichtung war ich zu Hause nicht entbehrlich. Aber ich hatte mich an einer ehrenamtlichen, vierzehntägigen Aufgabe angemeldet und bereits an der Einweisung teilgenommen. Man wußte ja nicht, wann die zu pflegende, 94 jährige Person von der Welt abgerufen würde. Abwarten war angesagt. Die Zeit verging, der Einsatztermin rückte immer näher. Es waren ein paar Tage bis

zur Anreise. Die Kranke verstarb. Am Samstag war Beerdigung. Am Sonntag rief ich bei dem Veranstalter an – einem Pfarrer – ich könne morgen, am Montag pünktlich anreisen. »Das ist Gottes Zeiteinteilung« höre ich. Die Freude war groß, Mitarbeiter wurden dringend gebraucht.

Neulich hatte ich vormittags einen kleinen Termin außerhalb. Am Nachmittag war der Seniorenkreis zu versorgen. Noch war Zeit in Hülle und Fülle. Dann kam es anders. Im Telefonat wurde mir mitgeteilt, ich brauche auf dem Weg zum Kreis eine bestimmte Person nicht abzuholen. Ein weiteres Telefonat sagte, meine Tochter käme gleich zum Tee. Oh, wie schön! Der Tee ist vorbei, und ich ziehe mich um. Schon kommt ein neuer Anruf, ihr Mann sei krank und ob ich sie zum Kreis abholen und bei den Vorbereitungen helfen könne. Ja, das kann ich, da die andere Person nicht mehr abgeholt werden muss. Ich ziehe mir nur noch die Schuhe an, bringe die Kuchen ins Auto, lasse die Katze raus und fahre los. Der Verkehr ist dicht; aber wir schaffen unsere Arbeit bis fünf Minuten vor Beginn. So ist Gottes Zeiteinteilung.

Zufall:
Ich komme zu Fall, mag sein. Vieles können wir nicht verstehen und brauchen wir auch nicht. Fröhlich sind die Zufälle, die zum Gelingen beitragen. Manchmal sind sie klein, unscheinbar, kaum wahrgenommen aber nicht selbstverständlich. Kommt zufällig ein alter Bekannter ins Krankenhauszimmer, wo gerade viel Not ist. Er bringt Wiedersehensfreude, ja Freude.

Oder es steht dort im Krankenzimmer gerade eine Beratung an und die Familie kommt unverhofft zur richtigen Zeit dazu. Verlass ist auf Gottes Güte und Barmherzigkeit. Und vieles mehr ...

Nur ein Lächeln

Einer jungen, alleinerziehenden Mutter nahm ich stundenweise ihren Säugling ab. Es wurden aus den Stunden Tage. Wir kannten uns bislang nicht, waren uns fremd. Als ich das Kind bei Sonnenschein auf dem Feldweg unter den Bäumen ausfuhr, sah mich der Säugling mit einem glücklichen Lächeln an. Das ging mir zu Herzen, hatte ich Not gelindert, Liebe gegeben und erhalten. Es war wie das beste »danke«. Später kamen zu der Betreuung die Nächte dazu und wir reisten gemeinsam im Wohnmobil. Zum Glück war das Kind ein ausdauernder Spaziergänger, was die Reisen erleichterte. Der Esstisch zu Hause lud zum gemeinsamen Spielen ein und hinterließ Spuren von ihm und meinen Kindern. In guter Erinnerung sehe ich heute die Kratzer und Dellen. Das Kind wurde sechs Jahre alt; die Mutter war inzwischen verheiratet. Wir hofften, die Not sei beendet. Mein Mann und ich waren älter geworden. So gaben wir das Kind an die Mutter zurück. Die unbezahlte Betreuung hat uns manches Geld gekostet, aber sein erstes Lächeln ist ein tausendfacher Lohn, der zu Herzen geht und nicht vergessen ist.

Beerdigung

Richard kommt von der Beerdigung eines Nachbarn zurück und sagt: »Was war das für eine Beerdigung?! Da gab es nicht einmal ein »Vater unser«. Da haben wir die Kameraden im Krieg besser bestattet! Niemals fehlte dort ein »Vater unser«. Jeder Hund wird heute besser bestattet.«

Ein Laienprediger hatte die Beerdigung vollzogen. Richard ging nicht zum Beerdigungsschmaus.

»Spaß muß sein, sonst kommt niemand zur Beerdigung« ist ein altes Wort, das mir gefällt. Aber wichtiger sind wirklich andere Werte. Und Richard hatte nun keine Lust mehr zum Beerdigungsschmaus.

Früher

Ein junger Mann sagt: »Früher, früher!« und denkt, ich meine, früher sei alles besser gewesen. Oh nein! Aber früher habe ich gut in Erinnerung. Und als ich arm war, fühlte ich mich reich. Es gab nach dem Krieg viele Arme wie mich und meine Familie. Es lag keine Schokolade beim Kaufmann im Regal, die uns lockte und neidisch machte. Wir kannten Dankbarkeit für alles, was wir hatten und bekamen.

Damals waren wir dankbar, wenn wir eine Scheibe Wurst auf dem Brot hatten oder auch einen Braten am Sonntag. Dankbarkeit macht in allem Elend glücklich. Es wurden Lebensmittelmarken zugeteilt, mit denen uns wenig Fleisch zustand. Heute wird gemahnt, weniger Fleisch zu essen, was gesünder sei.

Ständig ist neue Orientierung nötig. Früher, so hatte meine Mutter am Anfang des 20. Jahrhunderts erlebt, da hat der Landwirt das Korn auf der Tenne mit einem Flegel aus den Ähren ausgeklopft. Heute rast der gewaltige Mähdrescher über den Acker und liefert im Nu das Korn auf den wartenden Anhänger ab. Die Technik muss man verstehen.

Auch gab es für mich 1947 nach dem 2. Weltkrieg ein neues Schreibheft nicht nur gegen Bezahlung sondern gegen Abgabe von Altpapier. Heute wird das Altpapier tonnenweise abgeholt, und wir stöhnen über Werbung und immer volle Tonne.

Früher hatte ich eine 45-Stundenwoche und Freude mit den Kollegen. Heute sind viele Menschen mit kurzer Arbeitszeit genervt. Wie unruhig ist der Arbeitsplatz und warum?

Früher, in meiner Schulzeit, da gab es keine elektrische Kaffeemaschine. Der Kaffee wurde per Hand gemahlen und wie Tee per Hand aufgegossen oder auch gefiltert. Es war folgendes Rätsel aktuell: »Wer hat es besser, der Kaffee oder der Tee?« Nachdenken ...? ? Der Fragende hat die Lösung: »Der Kaffee hat es besser. Der Kaffee kann sich setzen. Der Tee muss ziehen.«

Früher besaßen wir manchmal keinen Kaffee, der ohnehin dem Geld verdienendem Vater und dem Sonntagnachmittag vorbehalten war. Das war selbstverständlich so. Wir waren dankbar, wenn wir etwas zu essen hatten und haben mit Tischgebet Gott dafür gedankt. Heute macht uns das Verbrauchermagazin verrückt.

Früher habe ich bei dem Bäcker einfach ein Brot verlangt. Heute gibt es riesige Auswahl bis abends bei Geschäftsschluss. Der Rest wird weggeworfen, naja, vielleicht geht er auch zur Tafel. Ist mein gewünschtes Brot nicht vorrätig, sehe ich sauer aus. Oder?

Auch die Medizin verwöhnt uns. Meine Mutter legte uns bei Grippe und Erkältung feuchte Wickel um. Und die halfen! Wir hatten Zeit zum Genesen, waren selten beim Arzt.

Früher, nach der Flucht hatte ich jahrelang ein provisorisches Bett und kein Kinderzimmer. Heute sitzen die ausländischen Flüchtlinge leider jahrelang in Massenunterkünften, aber anschließend muss alles perfekt für sie vorhanden sein. Ich frage mich: Warum?

Früher schrieb ich Briefe an meine Geschwister. Gertrud hat sie aus Liebe zu mir gesammelt. Jetzt im hohen Alter hat sie mir diese vor ihrem Umzug zurückgeschickt. Ich freue mich an ihnen. Danke, an manche Feinheiten im Leben mit meinen Kindern kann ich mich jetzt wieder erinnern. Heute sind der Computer und das Handy schnell, vielleicht auch schnell vergessen.

Früher sind die Väter und Söhne im Krieg geblieben. Heute gibt es vermehrt Scheidungen und Randale auf der Straße sowie Rechtsextremismus.

Die Deutschen haben den Krieg verloren; aber auch die Sieger hatten Verluste und also verloren.

Klagelieder 3, Vers 22:

Die Güte des HERRN ist's, dass wir nicht garaus sind, seine Barmherzigkeit hat noch kein Ende.

Kurt Tucholsky, (1890-1935)

Vom Glück
Ja, das möchste:
Eine Villa im Grünen mit großer Terrasse,
vorn die Ostsee, hinten die Friedrichstraße;
mit schöner Aussicht, ländlich-mondän,
vom Badezimmer ist die Zugspitze zu sehn –
aber abends zum Kino ist es nicht weit.
Das ganze schlicht, voller Bescheidenheit.
Neun Zimmer –, nein, doch lieber zehn!
Ein Dachgarten, wo die Eichen drauf stehn,
Radio, Zentralheizung, Vakuum,,
eine Dienerschaft, gut gezogen und stumm,
eine süße Frau, voller Rasse und Verve –
(und eine fürs Wochenend, zur Reserve) –
eine Bibliothek und drumherum
Einsamkeit und Hummelgesumm.
Im Stall: zwei Ponys, vier Vollbluthengste,
acht Autos, Motorrad – alles lenkste
natürlich selber – das wär ja gelacht!
Und zwischendurch gehst du auf Hochwildjagd
Ja, und das hab ich ganz vergessen:
Prima Küche – erstes Essen –
alte Weine aus schönem Pokal –
und egalweg bleibst du dünn wie ein Aal.
Und Geld. Und an Schmuck eine richtige Portion.
Und noch 'ne Million, und noch 'ne Million.
Und Reisen. Und fröhliche Lebensbuntheit.
Und famose Kinder. Und ewige Gesundheit.
Ja, das möchste.

Aber wie das so ist hienieden:
Manchmal scheints so, als sei es beschieden.
Nur pöapö, das irdische Glück.
Immer fehlt dir irgendein Stück.
Hast du Geld, dann hast du nicht Käten;
hast du die Frau dann fehln dir Moneten –
hast du die Geisha, dann stört dich der Fächer;
bald fehlt uns der Wein, bald fehlt uns der Becher.
Etwas ist immer. Tröste dich!
Jedes Glück hat einen kleinen Stich.
Wir möchten so viel: Haben. Sein. Und gelten.
Dass einer alles hat: Das ist selten.

Bonbons

In dem brandenburgischen Bad Wilsnack entdecken wir nach langer Zeit ein kleines Süßigkeitsgeschäft. Dort gibt es zwischen verpacktem Tee und einigen Kästchen Süßem vor allem in großen Gläsern uneingewickelte, bunte Bonbons. Der Kunde darf die Bonbons wählen. Sie werden mit Zange behutsam in ein hübsches Pergamenttütchen gefüllt. Sie schmecken sogar gut. Beim ersten Eintreten in das Geschäft bin ich fasziniert beglückt, denn ich bin an meine Schulzeit erinnert – lang, lang ist es her. Wenn ich mal 10 Pfennige zur Verfügung hatte, kaufte ich Bonbons am Kiosk oder auch für zwei Zehner ein Tütchen nach Wahl beim Bäcker. An diesen seltenen Tagen war ich erstmal satt, und meine Mutter wunderte sich bei der Mahlzeit wegen meines geringen Appetits.

In Bad Wilsnack gibt es im Süßigkeitsgeschäft auch Mettwürste. Ich verschenkte eine. Und der Beschenkte meinte beim Entgegennehmen. Diese Wurst würde er sicher nicht mögen. Sie sehe so verschimmelt aus. Angeschmiert, alles Puderzucker und süß! Ach so! In feine Scheiben geschnitten war die Mettwurst dann ungewohnt süß und zum Naschen geeignet.

Dieses Geschäft hat nicht allzuviel Kunden. Die Konkurrenz ist riesig. Über meine Freude und meine guten Wünsche hat sich der nicht mehr ganz junge Besitzer gefreut und sich herzlich bedankt.

Anteilnahme an Ausländer

In unserem kleinen Ort wohnen seit Jahrzehnten viele Türken und Kurden. Alle gehen so ihre Wege. Die jungen Leute sind in den Arbeitsbereich gut eingefügt. Das Mittelalter hat sich vielfach handwerklich verselbständigt. Die Kontakte zwischen Deutschen und Ausländern sind gering. Eine Hochzeit zwischen beiden ist die Ausnahme und bestimmt nicht einfach. Die türkischen Familien untereinander können verfeindet sein.

Da gibt es einen türkischen Rentner, der oft allein zu Fuß unterwegs ist. Ein jüngerer Deutscher hatte ihn durch eine geschäftliche Sache kennengelernt, und sie grüßen sich stets. Dieser Rentner möchte nicht mehr in sein türkisches Heimatdorf reisen, weil sich dort alles verändert hat und ihn niemand mehr kennt. Aber hier in seinem deutschen Wohnort ist er auch ein Fremder.

Es begegnen sich die beiden Männer unverhofft in einem Supermarkt. Der türkische Rentner sieht bedrückt aus. Der Deutsche erkundigt sich nach seinem Befinden und bekommt zur Antwort, seine Augen würden immer an der Luft tränen. Der Deutsche meint: »Du fühlst dich nicht gut. Du bist anders als sonst.« Als Antwort kommt kurz, sein Schwager sei gestorben. Da nimmt der junge Deutsche den türkischen Rentner in den Arm und sagt ihm das einzige türkische Wort, das er aus eigener Erfahrung kennt: »Kismet.« Bestimmt hat er es falsch ausgesprochen, aber der Rentner lächelt. Kismet heißt so viel wie Schicksal, Bestimmung, Beistand, – es ist, wie es ist – Zuversicht, Anteilnahme .... Und die Türken benutzen dieses Wort bei schweren Erlebnissen.

Was mögen die Beobachter dieser Umarmung gedacht haben? Zur Nachahmung empfohlen.

Nebel

Dicker Nebel in Cuxhaven. Mein Spaziergang auf der Promenade ist gesichert durch den Deich links und dem Zaun rechts zum Strand. So kann ich mich nicht verlaufen, sehe nur Nebel. Alles ist still, sehr still. Ich fühle mich wohlig und doch angespannt, genieße ebenso die Ruhe.

Doch was ist das? Ein leises Trapp, trapp, trapp. Schritte? Ja, sie kommen näher. Wen werde ich treffen? Ein auch gespanntes, freundlich grinsendes Paar taucht auf. Ein schneller, heiterer Gruß wird gewechselt. Trab, trab, trab … Der Spuk ist vorbei.

Hermann Hesse

Im Nebel
Seltsam, im Nebel zu wandern!
Einsam ist jeder Busch und Stein,
kein Baum sieht den andern,
jeder ist allein.

Voll von Freuden war die Welt
als noch mein Leben licht war,
nun, da der Nebel fällt,
ist keiner mehr sichtbar.

Wahrlich, keiner ist weise,
der nicht das Dunkel kennt,
das unentrinnbar leise
von allem ihn trennt.

Seltsam im Nebel zu wandern!
Leben ist Einsamsein.
Kein Mensch kennt den andern,
jeder ist allein.

Fertig und
im Club der Achtziger aufgenommen

Fertig ist für mich ein schönes Wort. Eine Arbeit ist geschafft. Die Dringlichkeit, die Eile des Schaffens hat im Alter nachgelassen. Ja, ich bin 80 Jahre alt geworden, im Club der Achtziger aufgenommen, wie man mir sagte. Schon kommen die neuen Töne bei der häuslichen Geburtstagsfeier: »Mutti, bleib sitzen, wir machen das!« »Bleib endlich sitzen!« Die Kinder passen nun zunehmend auf uns auf, berichtigen uns auch, helfen. Seit der Silberhochzeit haben wir eine Bank vor dem Haus. Inzwischen stehen dort drei Ruhebänke, die je nach Sonnenlage und Bedürfnis genutzt werden. Große Sprünge kann ich nicht mehr machen, also passen wir uns der neuen Situation in Dankbarkeit an, haben Erinnerungen. Fertig!

Sandmalerei – Margret Constantini

Der Himmel

Damals als ich krank war und auf Genesung hoffte, habe ich oft den Himmel über mir angesehen. Er gab mir Kraft, Geborgenheit, Zuversicht, Weite, Freiheit ... Mal war er strahlend himmelblau und makellos, dann wieder mit einer oder mehreren Federwolken verziert. Oder er war bewölkt bis dunkel. Meine Phantasie wurde von den Wolken angeregt und sah Figuren. Mal hatten es die Wolken eilig, mal harrten sie ruhig aus. Es mag langweilig klingen, und doch wurde mein Herz ehrfürchtig bewegt. Vergessen habe ich nicht die Fahrt mit dem Auto der Nordsee entgegen. Der Himmel war außerordentlich bewölkt. Durch eine kleine Öffnung in der Mitte strahlte die Sonne kräftig heraus. Ich dachte an ein Tor zur Ewigkeit, wunderschön und geheimnisvoll. Nur Petrus fehlte an der Eingangspforte. Die Bibel sagt: Unsere Hilfe steht im Namen des HERRN, der Himmel und Erde gemacht hat.«

Nach der Genesung hörte das intensive Himmelbeschauen auf. Aber heute, ja, im Alter, genieße ich wieder seinen vielseitigen Anblick – immer wieder ein Geschenk. Und schon als Jugendliche sangen wir nach den Worten der Bibel: »HERR, deine Güte reicht so weit der Himmel ist, und deine Wahrheit, so weit die Wolken geh'n.«

Was bringen die nächsten Jahre im Alter? Ich vertraue Gottes führender, starker Hand. Hier haben wir keine bleibende Statt. Der Himmel ist uns durch Jesus Christus bereitet. Bis dahin will ich meine Zeit füllen, so gut ich kann – und auch Hilfe annehmen.

Hermann Hesse

Zeigt mir das Ding in der Welt,
das schöner ist als Wolken sind ...
Sie schweben zwischen Gottes Himmel
und der armen Erde als schöne
Gleichnisse
aller Menschensehnsucht,
beiden angehörig – Träume der Erde,
in welchen sie ihre Seele an
den Himmel geschmiegt, Sinnbild alles
Wanderns, alles Suchens,
Verlangen, Heimbegehrens.
Und so wie zwischen Erde und
Himmel
zag und sehnend und trotzig hängen,
so hängen zag und sehnend und trotzig
die Seelen der Menschen
zwischen Zeit und Ewigkeit.

Die Katze

Über Katzen wurde viel geschrieben. Wegen ihres Feingefühls, dem siebten Sinn, ist man manchmal überrascht.

In meiner Kindheit bekam die wildernde Katze ihre Jungen auf dem Heuboden. Nach einiger Zeit fand sich jemand, der die jungen Katzen heimlich ersäufte. Andere warfen die jungen Tiere zum Töten gegen die Wand. Es gab ständig neue Katzen. Morgens gab es für die zum Haus gehörende Katze etwas Schaum von der frischen Kuhmilch. Heute dürfen die Katzen keine Milch, weil sie ihnen nicht bekömmlich sein soll. Damals besuchte uns die Katze ab und zu in der Küche und fraß, was vom Tisch geworfen wurde. Heute verlangen Katzen nach Leckerlis; der Tierarzt schützt vor Schwangerschaft.

Aber nun ist uns ein Kater zugelaufen. Er war vorher mit einem weiteren Kater dem Nachbarn zugelaufen. Ab und zu hatte er früher unser Haus inspiziert, wo er sich auch streicheln ließ aber nie mit uns sprach, kein »miau« war zu hören. Als die neuen Besitzer im Winter oft nicht zuhause waren und es dort Veränderungen gab, wusste der Kater den Zugang zu unseren Räumlichkeiten, machte es sich gelegentlich in warmen Ecken gemütlich. Aber wir wollten keine Katze, obwohl wir vor Zeiten gute Erfahrung gemacht hatten. Wir konnten nicht verneinen, nachdem er auf den Küchentisch gesprungen war und uns mit großen Augen flehentlich ansah. Aber Miauen tat er nicht mit uns. Er erzog uns, das ihm passende Futter zu kaufen, und sprang auch nicht mehr auf den Tisch.

Als er kranke Haut bekam, schleppten wir ihn zum Tierarzt, wo er zum Glück schon bekannt war. Wir zahlten und überlegten, ob wir ihn überhaupt behalten können. Immerhin verreisen wir ab und zu ein paar Tage. Unser Sohn ist zur Betreuung nicht immer verfügbar. Mein Mann meinte, der Nachbar würde einspringen, denn die Katze schaute uns wie so oft mit ihren großen Augen flehentlich an. Die nette Tierärztin sagte, wenn wir den Kater abgeben möchten, es fände sich eine Person für so einen hübschen Kater. Wir bezahlten und schleppten ihn mit mulmigem Gefühl zurück nach Hause, wo er sich pudel-, nein katzenwohl fühlte. Dann strolchte er draußen durch sein gewohntes Revier.

Als die Tür für den Kater aufstand, sauste er ins Wohnzimmer, etwas Undefinierbares im Maul mit sich schleppend. Er legte die tote Maus vor die Füße meines Mannes als Geschenk für das gütige Herz, die Treue, die Rückfahrt vom Tierarzt nach Hause, sagte »miau« und verschwand wieder. Der Mann ist gerührt und – – behält den Kater natürlich. Der Kater namenlos – oder hieß er früher Mulle? – hat die richtige Zeit genutzt und seine Dankbarkeit für das gütige Herz, Treue und ein neues Zuhause gezeigt.

Seine Stimme ist voll im Einsatz. Er begrüßt uns mit Sprache und sagt »miau«, wenn er ein Anliegen hat. Wenn er nach draußen möchte, setzt er sich vor die Tür, hebt den Kopf und schaut die Klinke an. Bevor wir morgens am Frühstückstisch sitzen, legt er sich zur Gesellschaft vor den Tisch und wartet auf uns. Auch weckt er uns nachts im Schlafzimmer durch Kratzen an der Tapete, wenn er nach draußen möchte. Ein Körbchen für sich lehnt er ab. So hat er alle Zimmer in Beschlag genommen. Es wird Zeit, dass es Sommer wird und er draußen schlafen kann. Aber wie gut, wenn wir mit ihm gute Unterhaltung haben! Kommen fremde Katzen, dann faucht er und Jagd sie von seinem neuen Revier. Nur die Katze aus seiner Vergangenheit lässt er schon mal aus seinem Napf fressen und schaut geduldig zu. Er grüßt von Zeit zu Zeit seine alte Betreuerin gegen ein Leckerli und eine Streicheleinheit. So einfach ist das. Und wir gehorchen ihm auf's Wort. Miau!

Corona

Während ich Erinnerungen schreibe, überrascht uns Corona. Unwillkürlich steht mir die Nachkriegszeit meiner Kindheit vor Augen: Unsicherheit, Armut, Verzicht. Damals waren wir für Kleinigkeiten sehr dankbar. Dem Menschen von heute sind die Zustände damaliger Zeit unfassbar. Meine Mutter hat nicht gejammert, obwohl mein Vater in Gefangenschaft war. Es war endlich Frieden. Wer heute Harz 4 bekommt, ist nicht reich aber sicher versorgt. So sah es in der Nachkriegszeit nicht aus.

1945 konnte ich nicht eingeschult werden; denn es stand kein Lehrer zur Verfügung. Das Durcheinander im Volk war noch zu groß, zu unsortiert, nichts erfasst und gelenkt. Viele Lehrer waren im Krieg geblieben. Klassenräume fehlten oder wurden mit Kindern vollgestopft. Dabei blieben die Menschen ruhig, wenn auch nicht gerade glücklich. Glücklich waren sie über das Ende des Krieges. Endlich Frieden, ja Frieden! Und ich hatte viele Kinder zum Spielen.

Heute kämpfen die Virologen mit Corona. Dem Volk wird zum eigenen Schutz sein Verhalten vorgeschrieben: Handdesinfektion, Maske, Abstandeinhaltung! Nichts ist mehr selbstverständlich, das Umdenken fällt schwer. Die Politiker sind gefordert und die Virologen.

Umdenken wird weiterhin gefordert sein, Änderungen sind unvermeidbar. Manche Existenz ist zerstört. Wer gerade Kredit aufgenommen hat, ist schlecht dran. Oft höre ich unser Volk jammern, schreien, lauthals anklagen und schimpfen, demonstrieren. Der Staat soll überall Geld locker machen. Der Staat, der Staat! Ist die Masse zum Helfen bereit? Kennen die Menschen Gott, den Allmächtigen und Schöpfer? Denken sie an unseren Schöpfer, der alles in seiner Macht hat? Was wird kommen, und können wir lernen, von unserem Wohlstand und den Vergnügen zurückzuschrauben?

Die Vergangenheit wird nicht zurückkommen. Ob sich laute Vergnügen wieder in Freude verwandeln werden? Lernen wir aus der Krise? Wenn die Regierung das nötige Geld zum Aufbau heranschafft, wird das Volk Barmherzigkeit untereinander zeigen? Werden unsere bislang großen Ansprüche gemäßigt?

Ja, kommen wir zur Besinnung? Bitte, kommen wir zur Besinnung! Frieden ...

Meinem Mann und mir geht es mit unseren normalen Renten gut. Wir wohnen auf dem Land mit Garten. Der Gemüsegarten hat jetzt bei vielen Menschen an Bedeutung gewonnen.

Die Gartenarbeit gibt uns die nötige Bewegung ohne Mundschutz. Die Vögel geben uns Konzert. Auch haben wir gute Nachbarn. Kürzlich haben wir einer in Bedrängnis geratenen Nachbarin zu Viert mit Baumfällung zur Seite gestanden – natürlich mit Abstand. Als Dank bekamen wir eine gute Suppe gekocht, die wir bei Sonnenschein mit Abstand auf der grünen Wiese verzehrten. Und Erzählen war angesagt. Einsamkeit war besiegt. Die Umarmungen fehlen noch. Auch die braucht der Mensch zum Leben.

Als ich heute morgens aus meiner Gartenrunde zurück ins Haus kam, berichtete ich meinem Mann über die Nachbarn: » Helga schafft mit den Kindern auf ihrem Grundstück, Jürgen habe ich lachen gehört, Ehepaar K. frühstückt auf der Terrasse.« »Dann ist ja alles in Ordnung!«, kam wie aus einem Munde.

Außerdem schaue ich wie in kranken Zeiten gen Himmel und fotografiere ihn, fühle mich geborgen in Freiheit und Weite: Denn dein ist das Reich und die Kraft und die Herrlichkeit!

Alte Weisheit

Pflicht ohne Liebe
macht verdrießlich.
Verantwortung ohne Liebe
macht rücksichtslos.
Gerechtigkeit ohne Liebe
macht hart.
Klugheit ohne Liebe
macht gerissen.
Freundlichkeit ohne Liebe
macht gerissen.
Ordnung ohne Liebe
macht kleinlich.
Ehre ohne Liebe
macht hochmütig.
Besitz ohne Liebe
macht geizig.
Glauben ohne Liebe
macht fanatisch.
Ein Leben ohne Liebe
macht keinen Sinn.

Doch ein Leben in Liebe
ist Glück und Erfüllung.